RECUEIL

DES PIECES

DE POESIE,

FAITES A L'HONNEUR

DE MONSEIGNEUR LE DUC

DE RICHELIEU,

Dans le grand College de Toulouse,
de la Compagnie de JESUS,

A TOULOUSE,

De l'Imprimerie de PIERRE ROBERT, près le Colleg.
des RR. PP. Jesuites, au S. Nom de Jesus.

M. DCC. XLI.

COMPLIMENT

PORTÉ

A MONSEIGNEUR LE DUC

DE RICHELIEU,

PAR MESSIEURS LES ECOLIERS

du grand College de la Compagnie de
Jesus, lorsqu'ils eurent l'honneur d'al-
ler chez luy.

ONSEIGNEUR,

Du Dieu des Arts, dont nous suivons les Loix,
Les Nourrissons, troupe tendre & sincere,
Quand le devoir leur défend de se taire,
Osent t'offrir & leurs cœurs, & leurs voix.

A

Si le respect trouble leur confiance,

Dans tes regards ils liront tes bontés :

Des vœux ardens, presentez par l'Enfance,

Par la vertu seroient-ils rejettez ?

A ton aspect, RICHELIEU, nos Rivages

Ont tressailli d'allegresse & d'amour.

Tu l'as pû voir ; & chacun à son tour,

Vient à tes pieds apporter ses hommages.

Eh quoy ! ton Nom dans Vienne redouté,

Aux fiers Germains jadis si formidable,

Sans perdre rien de son autorité,

Quand tu parus, n'offrit rien que d'aimable :

L'Aigle orgueilleux lui soumit sa fierté ;

Et celebra, par un cri memorable,

Et tes talens, & sa felicité.

Dans nos climats, dont ce Nom fait la gloire,

Entendra-t-on moins de Chants de victoire ?

Que Vienne encor tremble à ce Nom fameux.

Un nom si cher rend nos Peuples heureux.

Grand, sans orgueil, affable sans bassesse,

De tes Ayeux, ornemens de l'Etat,

Tu réunis la Puissance & l'éclat,

En retraçant leur valeur, leur sagesse.

Ta main par tout affure le repos :

Nos Cœurs charmez, volent fur ton paffage ;

On loüe en toi le parfait affemblage

Du grand Miniftre, & du brillant Heros,

A t'embellir les Graces empreffées,

Ont épuifé tout l'art de leur pinceau ;

Et produifant leur Chef d'œuvre nouveau ;

Elles ont craint de fe voir effacées.

Les Ris, l'Himen, la Sageffe & l'Amour,

Ont attaché ta gloire & ta tendreffe,

Au fort touchant d'une augufte Princeffe,

Cherie encor dans le fombre Sejour.

Le croiras-tu ? Nos Mufes indifcretes,

Qu'enfle l'orgueil, qui regne en leur Vallon,

Veulent en toi loüer leur Apollon,

Mais fans quitter leurs fuperbes Retraites,

Si tu pouvois entendre leurs debats ?

Il blamera, dit l'une, notre audace ;

L'autre s'écrie : He ! mes Sœurs, quels appas

A RICHELIEU montrera ce Parnaffe.

Il en eft... Oui, qui murmurent tout bas :

Ne doit-il point aux Mufes cette grace ?

Son efprit orne & regle nos Etats :

Quand viendra-t'il ? Ne le verrons-nous pas ?

Il tient de nous & genie & science.

Oh ! ces mots seuls ont fini le tracas :

Et rapellant ta douce complaisance,

Toutes ont dit d'un ton de confiance,

Nous le verrons, il ne tardera pas.

COMPLIMENT

Fait dans le College, à Monseigneur le Duc DE RICHELIEU, par un Pensionnaire Americain.

MONSEIGNEUR,

Né dans le fonds de l'Amerique,

Insulaire trop malheureux ;

Quoy ? Dans une Fête publique,

D'où naissent les Ris & les Jeux :

Dans ce Salon Academique,

Ne puis-je au Heros que j'y vois,

Faire entendre ma foible voix ?

Peut-être on croit que sur nos Plages,

Les

Les Richelieux trop peu connus,
N'ont aucun droit à nos hommages :
Ou que fur nos brulans Rivages,
Les refpects tendres, ingenus,
De nos cœurs qu'on nomme Sauvages,
Doivent être à jamais exclus ?
Mais fur nos Bords inhabitables,
Ton celebre Nom a volé :
Dans nos Faftes il eft fçellé,
Avec des traits ineffaçables.
Peut-on oublier les hauts faits,
L'heureux genie, & les bienfaits
Du Cardinal, qui fur la France
Attira les plus grands fuccès ?
Dont la rare & vafte prudence,
A fon Roy, foumettant les Mers,
Humilioit l'Autriche altiere,
Faifoit trembler l'Europe entiere,
Et rendoit heureux nos Deferts ?
Ah ! lorfqu'empreffez de m'entendre,
Nos Citoyens courront à moy,
Et que je pourrai leur apprendre
Ce qu'en Europe on dit de toy ;

Ils marqueront leur allegreſſe,

Par des cris pouſſés juſqu'aux Cieux,

Et montreront tous à mes yeux,

Combien ton nom les intereſſé :

Se plaindront de faire ſi peu,

Et confondront dans leur tendreſſe,

Le grand Oncle avec le Neveu.

COMPLIMENT,

Porté à Monſeigneur le Duc DE RICHELIEU,
par un Penſionnaire, natif du Poitou.

SAns doute le Héros, qui permet à notre âge,
De porter à ſes pieds nos vœux & notre encens,

Voudra recevoir mon hommage ;

Je n'ai tardé que trop long-temps :

D'un ſourire deja ſa bonté m'encourage.

Perſonne plus que moy n'a le droit precieux,

De celebrer ſa gloire & ſes Ayeux.

Le Poitou m'a vû naître : Une heureuſe naiſſance

M'apprit, Seigneur, à reverer ton Nom :

Ma langue à peine a pû former un ſon,

Qu'elle a sçû begayer tes Exploits, ta Puissance,

L'Histoire de ta Race occupa mon enfance,

Et mon premier regard tomba sur ta Maison.

Aux leçons que j'appris, ma memoire fidelle

Rappelle les Fastes heureux,

Où se conserve encor la Bravoure immortelle

Des DUPLESSIS, tes Ancêtres fameux.

Tu dois ta superbe origine

Au Heros * qu'employa le Vainqueur de Bouvine,

Pour faire réussir ses augustes projets.

La France, applaudissant à sa valeur sublime,

Le vit partir pour Chypre, où son cœur magnanime

Se fit lui-même des Sujers.

Lorsque de ta Maison je parcourois l'Histoire,

Quelque part qu'on fixat mes avides regards,

Par tout je voyois la Victoire,

Par tout je remarquois des Noms comblez de gloire,

Les BEÇAIS, les CHILLOUS & les ROCHECHOüARTS,

Et tant d'autres que ma memoire

Pourroit te faire voir à la suite de Mars.

Sur tout de ta Personne aimable,

On eut soin à mes yeux de tracer le Portrait.

* Laurent de Richelieu, Seigneur de Loriaque en Chipre, sous le Regne de Philippe Auguste.

Et la bouche qui m'inftruifoit,

Me dit fouvent, que même dans la Fable

Tout, près de toy, fembloit être imparfait:

Que tu joignois la valeur heroïque,

Au goût fin, au rare fçavoir,

Que dans tes actions la fage politique

Marchoit toûjours à côté du pouvoir;

Et que deja la voix publique,

Semant ton Nom avec éclat,

Te mettoit dans la main le timon de l'Etat:

Que fais-je? Seigneur, de ta vie

Le recit pourroit t'ennuyer.

Souffre du moins que ma Mufe hardie

Demande, fans tant tournoyer,

Que dans le fein de cette Academie,

Devant fur tous les Points de la Philofophie *

Des perils fans nombre effuyer,

De ton grand Nom tu daignes m'appuyer.

* Le jeune Homme qui porta ce Compliment étant fur le point de foûtenir des Thèfes de Philofophie, en offrit la Dedicace à Monfeigneur le Duc, qui lui fit l'honneur de l'accepter.

IDILE

IDYLE

Chantée au grand College de Toulouse, de la Compagnie de Jesus.

En presence de Monseigneur le Duc DE RICHELIEU.

CHANTEZ, chantez, tendre Jeunesse,
Chantez le jour heureux qui remplit vos desirs;
 Jamais de plus vive allegresse
 Ne dut animer vos plaisirs.

Ce Heros si vanté, dont la trop longue absence
 Irritoit notre impatience;
Ce mortel si cheri de la Terre & des Cieux,
 Daigne se montrer à nos yeux.

 Vous qui suivez par tout ses traces,
 Courez, volez, riantes Graces,
 Hâtez-vous d'embellir ces Lieux.

 Chantons, chantons, tendre Jeunesse,
Chantons le jour heureux qui remplit nos desirs;
 Jamais de plus vive allegresse
 Ne dut animer nos plaisirs.

C

Son Nom fut toûjours mémorable ;

Il eſt connu des plus lointains Climats ;

Il eſt cher au Dieu des Combats ;

Pallas , elle - même , Pallas

N'en eut point de plus reſpectable.

Des ennemis du Trône il dompta la fureur ;

De la diſcorde & de l'erreur

Il fut , il eſt encore la terreur.

Deſcendez , Filles de Mémoire ,

Venez feconder nos efforts ;

Prêtez , prêtez-nous vos accords ;

Aidez nos foibles voix à celebrer ſa gloire.

Ce Pinde , que la Seine entoure de ſes eaux ,

Ce Mont , rival de la double colline ,

Reçut ſa brillante origine

D'un Apollon formé du ſang de ce Heros.

Le Monarque Auguſte ,

Qui choiſit ARMAND pour appui ,

Eut le nom glorieux de JUSTE ,

En le faiſant regner ſous lui.

Defcendez, Filles de Mémoire,

Venez feconder nos efforts ;

Prêtez, prêtez - nous vos accords ;

Aidez nos foibles voix à celebrer fa gloire.

Le nom qu'avec éclat fes Ayeux ont porté,

Annonce ce qu'ils ont été :

Mais l'Hymen, qui l'unit à plus d'un Diadême,

Annonce ce qu'il eft lui-même.

On lit encor dans fes regards

Cette même ardeur intrépide,

Qui l'animoit au milieu des hazards.

La noble majefté, qui fur fon front réfide,

Dans les efprits jette un refpect timide ;

Mais il ne fut jamais de cœur

Qui ne s'ouvrit aux traits de fa douceur.

Frappé du bruit de fa grandeur,

Le Danube le vit, s'approchant de fon onde,

Venir effacer la fplendeur

Des Envoyés des premiers Rois du monde ;

Et montrer dans lui-même, à leurs yeux ébloüis,

Combien leurs Souverains le cédent à LOUIS.

Que sa gloire, que sa puiſſance
Eclatent dans nos derniers jours ;
Qu'il ramene à jamais le cours
Des doux plaiſirs qu'il donne à notre Enfance.

Raſſemblez - vous,
Bergers de nos rivages ;
Venez avec nous
Lui porter vos hommages :
Ses ſoins & ſes dons
Vont vous chercher dans vos retraites ;
Vos voix & vos Muzettes
Lui doivent leurs plus tendres ſons.

LOUIS, de ſes Sujets l'amour & les délices,
A ramené les tems propices
Du premier âge des humains :
Puiſſent nos jours purs & ſerains
Du regne le plus long n'être que les prémices.

Nous tenons de ſes mains la victoire & la paix :
Mais le plus grand de ſes bienfaits,
Le don le plus cheri de ſa magnificence,
Eſt le Héros dont il fit choix,
Pour nous rendre heureux ſous ſes Loix.

Que

Que fa gloire, que fa puiſſance

Eclatent dans nos derniers jours ;

Qu'il ramene à jamais le cours

Des doux plaiſirs qu'il donne à notre enfance.

✳✳✳✳✳✳✳✳✳✳✳✳✳✳✳✳✳✳✳✳✳✳

REMERCIMENT
Fait à Monſeigneur le Duc de RICHELIEU,
par une Jeune Penſionnaire.

DANS ce jour, à nos cœurs, ſi cher par ta preſence,

Nos vœux feront notre reconnoiſſance.

Puiſſe-tu vivre encor après nos derniers ans !

Puiſſe le tendre fruit d'une auguſte Alliance,

Croître, à l'abri des Aſtres bien-faiſans !

Puiſſe ce Fils cheri, l'ornement de l'Enfance,

Joüir d'un ſort digne de ſa Naiſſance !

De ſes deſtins, pour prolonger le cours,

Qu'à ſes jours fortunez le Ciel joigne les jours

Trop-tôt, hélas ! dérobez à ſa Mere !

Qu'il ſoit ſemblable à ſes Ayeux,

Que pour combler enfin nos vœux,

Il retrace par tout l'image de ſon Pere.

D

CANTATE.

Le Voyage de Monseigneur le Duc DE RICHELIEU, sur le Canal.

LE long de cette Onde captive,
Dont (*a*) l'Archimede de nos jours
Sçut tracer, & regler le cours,
Des plages de l'Aurore à l'Oceane rive ;
Un Heros que le Ciel fit pour nous rendre heureux,
Venoit remplir enfin nos vœux.
Charmé de sa douce présence,
Un Mortel (*b*) noble, & genereux,
Qui sur l'humide Empire exerce sa puissance,
Rassemblant ses Vaisseaux divers,
Lui fait choix d'un Palais digne du Dieu des Mers.

Aquilons rapides,
Soyez enchaînez ;
Doux Zephirs, venez,
Pour être ses guides.
Que les Matelots
Appliquent aux Eaux
La Rame docile ;
Que leur main habile
De l'onde tranquille
Divise les flots.

Il part ; quel spectacle s'apprête ?
Le Soleil le plus pur vient briller sur sa Tête,

(*a*) *Monsieur* DE RIQUET.   (*b*) *Monsieur le Comte* DE CARAMAN.

Et bien-tôt Diane à son tour
Répand une clarté, qui ramene le jour.
De Déités des eaux une nombreuse élite
Accourt se ranger à sa suite ;
Jamais de plus brillante Cour
N'entoura le Char d'Amphitrïte.

Pour le voir de près,
La prompte Oreade
Descend des sommets,
Et l'Hamadryade
Sort de ses Forêts.
A son aspect, Flore
De ses fleurs decore
Les bords enchantez ;
Cerés sa rivale,
Dans les Champs étale
Au loin ses beautez.
Les Sylvains & Faune
Le prirent pour Mars,
Vertumne, & Pomone
Pour le Dieu des Arts,

Enfin au milieu des hommages,
La Cour flottante aborde au plus beau des Rivages.
Un Palais *, où souvent l'on vit les Demi-Dieux,
S'y montre à travers des Bocages,
Que parent d'éternels ombrages.
Dans ce séjour délicieux,
Même au temps courroucé des hyvers pluvieux,
De Philomele on entend les ramages.
Mais de tant d'objets gracieux,
Celui qui du Heros charma sur tout les yeux,
Fut le Mortel qui regne dans ces Lieux.

* L'Espinet, Maison de plaisance de Mr. le Comte DE FUMEL.

Vous, qui fur ces bords delectables,
Futes à jamais raffemblez,
Ris innocens, Graces aimables,
Rendez-le à nos vœux redoublés.
Hatez-nous les jours favorables
Où nous le verrons parmi nous :
Vos moments ont été trop doux,
Pour devoir être plus durables.
Vous qui fur ces Bords delectables,
Futes à jamais raffemblez,
Ris innocens, Graces aimables,
Rendez-le à nos vœux redoublés.

FIN.